El monstruo de los monstruos

Patrick McDonnell

OCEANO travesía

Una vez que descubres lo que realmente eres, no queda nada más que gratitud y alegría.
BYRON KATIE

Para el Big Cheese

EL MONSTRUO DE LOS MONSTRUOS

Título original: *The Monsters' Monster*

© 2012 Patrick McDonnell

Esta edición se ha publicado según acuerdo con Little, Brown and Company, Nueva York, Nueva York, Estados Unidos.

Traducción: Paulina de Aguinaco Martín
Maquetación: Jeff Schulz / Menagerie Co.

D.R. © Editorial Océano, S.L.
Milanesat 21-23, Edificio Océano, 08017 Barcelona, España
www.oceano.com

D.R. © Editorial Océano de México, S.A. de C.V.
Blvd. Manuel Ávila Camacho 76, piso 10, 11000 México, D.F., México
www.oceano.mx
www.oceanotravesia.mx

Primera edición: 2014

ISBN: 978-607-735-406-2
Depósito legal: B-18728-2014

IMPRESO EN ESPAÑA / *PRINTED IN SPAIN*

9003892011014

Gruñón, Refunfuñón y el pequeño
Gran Catástrofe pensaban que eran monstruos.

Vivían en un castillo oscuro y monstruoso,

en la cima de una montaña
oscura y monstruosa,

muy cerca de una aldea aterrorizada por los monstruos.

Siempre estaban gruñendo y refunfuñando, molestos por NADA.

Sus diez palabras favoritas eran

y...

Todos los días discutían acerca de quién era el monstruo
más grande y más malo.

¿Quién gruñía más fuerte?

¿Quién podía ejecutar
la rabieta más fastidiosa?

¿Quién era el más infeliz?

Estas disputas siempre
terminaban en una pelea.

Un día decidieron poner fin a la discusión.

Gruñón fue por cinta adhesiva, chinches y engrudo.

Refunfuñón encontró algunas gasas y muchas cosas viscosas.

Gran Catástrofe trajo tornillos, alambre y una bota apestosa.

Planeaban crear un MONSTRUO realmente monstruoso.
El monstruo más grande y más malo del MUNDO.

Elevaron su creación
hasta las nubes durante
una terrible tormenta.
Y de pronto. . .

¡BUM!

Un relámpago alcanzó a la criatura.

El monstruo comenzó a moverse.

—¡Está VIVO! —exclamaron las pequeñas sabandijas.

El monstruo rugía y se tambaleaba, mientras arrancaba sus vendajes.

—¡Grande! —gritó el pequeño Gran.

—¡Malo! —exclamó el pequeño Catástrofe.

—¡MONSTRUO! —gritaron los tres al unísono.

El estrepitoso gigante se acercó a ellos.

Y entonces, con una voz profunda
y resonante, pronunció sus primeras palabras. . .

Los abrazó y los apretujó
contra su pecho.

—¡Gacias!
¡Gacias!
¡Gacias!

El monstruo estiró sus dedos monstruosos y regordetes,
y pisó fuerte con sus enormes y monstruosos pies.
Miró a su alrededor, asombrado. Entonces abrió una ventana.
La habitación se inundó con la cálida luz matutina,
los cantos de los pájaros, y la brisa fresca y húmeda.

El monstruo sonrió
y dejó escapar una risilla.

—Pero ¿qué haces? —chilló Gruñón.

El monstruo caminó por la habitación.
Saludó cordialmente

a los murciélagos,

a las ratas,

a las arañas

y a las víboras que
encontró a su paso.

–¡No, no, no, no, NO! —gritaron los tres al unísono—.
¡Se supone que eres un MONSTRUO!

Pero el monstruo no estaba
seguro de ser un monstruo.

No estaba seguro de ser nada. . .

... sólo estaba agradecido de estar VIVO.

El monstruo permaneció quieto.
Percibió un aroma dulce en el aire matutino.

De repente, dejó escapar un gruñido y atravesó la pared del calabozo.

—¡Ja, ja! —exclamó Gruñón—. Por fin está actuando de manera normal.

—¡Sí, sí! —gritó Refunfuñón—. Se dirige a la aldea a ocasionar caos.

—¡Zas, pum y cataplum! —chilló el pequeño Gran Catástrofe.

Los pequeños bribones salieron disparados tras él.
El monstruo daba zancadas enormes.

–¡MONSTRUO!

¡MONSTRUO!

–vitorearon.

La panadería de la aldea acababa de abrir sus puertas
cuando el monstruo entró bruscamente.

Gruñón, Refunfuñón y el pequeño Gran Catástrofe
se asomaron por el cristal del escaparate.

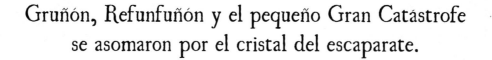

PANES

—¡Grande! —murmuró el pequeño Gran.
—¡Malo! —susurró el pequeño Catástrofe.
—¡Silencio! —pidió Refunfuñón—.
Quiero escuchar los aullidos y los alaridos.

Hubo un tenso silencio y, finalmente,
escucharon desde dentro de la panadería. . .

–¡Gacias!

El monstruo apareció con una bolsa
de papel en las manos.

Después se dio la vuelta
y se dirigió hacia la playa.

—¡Tras él! —gritó el trío—.
¡MONSTRUO! ¡MONSTRUO!

El monstruo se sentó lentamente
en la arena fresca y suave.

Gruñón, Refunfuñón y el pequeño
Gran Catástrofe se desplomaron junto a él.

Mientras intentaban recuperar el aliento,
el monstruo les dio unas palmaditas en la cabeza.

Abrió con cuidado la bolsa de papel
y le dio a cada uno un pastelillo relleno de mermelada.

Gruñón, Refunfuñón y el pequeño Gran Catástrofe
se quedaron sin palabras.

Pero entonces recordaron lo que el grandísimo
y malísimo monstruo había dicho:

El monstruo los miró y sonrió. Los pequeños
le devolvieron la sonrisa. Y todos rieron.

Gruñón, Refunfuñón, el pequeño
Gran Catástrofe y su nuevo amigo
permanecieron sentados en la playa
mirando el atardecer. . .

. . . y a las gaviotas juguetear. . .

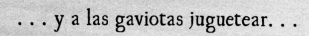

y la hierba ondear. . .

y el mar destellar.

Y nadie pensaba. . .

. . . en ser un monstruo.